監視器的背後是彌勒佛

小令

目錄

監視器的背後是彌勒佛

輯二——賞茶與置茶

輯三——醒茶與茶乾香

輯四——注水與出湯

輯五——分杯與品飲

手指隨時觀音——任明信

就當這一生
只有這一次

字，從嘴裡唸出來，跟心底唸，是不一樣的。感覺是歌，要拿來唱，但唱不是器用，唱是歌的自證自明，且有萬千他心。初讀詩集，好奇彌勒是誰，自以為想清楚了，又不想談。像茶總是愛喝，但不想懂，不想搞清楚道與理，不想輕易步入神祕事物除魅的當下（或許那是風雅人士做的事）。看完詩集幾回，只覺得俗而不庸，是塵世粗礪，是逗貓被抓出的血痕；是放空咬著指甲見白肉，是超商採買牛皮紙袋突然破裂。

從日常與周身的凝望開始，彌勒讓我想起是枝裕和的電影《歩いても歩いても》（中譯：橫山家之味），日文原名有持續走著，一步一階漸進之意。與電影不同，詩集要談的不是家本身，較像是個人在名為「家」的空間裡所搬演的與物事間的磨蹭，如詩句：她帶我靠牆坐下／露出／有時候革質的微笑有時候紙質／我還不能。／我還不能觸摸確認／乾跟遠是不一樣的（〈她帶我靠牆坐下〉）。分輯則以侍茶的步驟，帶入故事投影。是你來作客，泡茶請喝。從溫壺溫杯起手。壺是樹洞，準備承載；茶是心意，隨時間暈展：三十歲後充電器的線就斷掉了。／／沒事。但覺悲傷／而且知道這很正

常／／因爲那是悲傷，不是我，我只是被經過。（〈貼紙人間〉）

泡開的茶也帶有多許禪意：走不到就說遠／走得到就說不遠／距離不是遠近／是多能走。（〈醒來對坐〉）；選擇輕鬆／而不是愛／／就會成爲輕鬆的人／而不是愛人（〈在是一起〉）。隨著賞茶與置茶，醒茶再聞香，生活的輪廓與靈犀反覆交疊，如〈砧板〉所寫：床是身體的砧板／剪完指甲／依舊習慣放在窗檯／但螞蟻啊／已經很久沒來；〈如入無人〉：你無心的長髮／掃動暗處／邊牧著光。日常的持續，一步一階，帶著無數跌撞與磕絆。到最後注水出杯，分杯品飲，詩的音聲更加細密，也更加沉溺：然後你就醒了我就想／是不是可以不用在這裡也沒關係呢／就這麼想殘廢自己的系統嗎／今生還能再見你幾次如果再沒有了（〈別住〉）。

小令在另一本詩集《在飛的有蒼蠅跟神明》的自序寫道：爲了溝通方便而將書名簡稱「蒼神」，在開口的當下大悟，意會到這才是她在心中看到的東西。這詞彙也深深打動我：蒼茫的神祇——瀰漫的、曠遠而無邊的泛靈。蒼神中的插圖皆爲閉眼畫出，比起畫看來更像字，或某種量測、數學演算的過程。後來在某次講座中，看到她分享了自身獨到的閱讀方式：「……字的形象先於意義，且形象給人的感覺未必與意義相符。」便明白她確實如她所言，所畫，所寫。

如此直覺而靈感先行的領會，轉化，與詮釋路徑，令我想起梅洛龐蒂在《眼與心》裡寫道：「不解之謎就在於此，即我的身體既是能見者（voyant）又是可見者（visible）。身體凝視萬事萬物的同時，也能凝視自己，並在它所見之中，認出能見能力的『另一面』』。它看見自己正在看；摸到自己正在摸；它對自己可見、可感覺。」作者、作品與創作的本身即爲一，無心無主的狀態，也扣合最後一輯中的〈銀河〉：合一的畫面即是／床上的碗裡的稀飯裡的湯匙被放入我的嘴巴的一匙稀飯消失在碗中的床上／／緩慢嚥下銀河。

「彌勒」亦充滿美妙的觸覺與歧異，如〈孑孓〉中的決絕，有親緣的尷尬與甜美；〈沒有妳呢〉和〈愛不動〉的洞悉與酸楚。而彌勒一詞，本質是未來佛，渡人之舟，祂的招牌是溫厚笑顏，但若兩字拆開，「彌」有遍布、更加之意，「勒」則有收束、強制、用力拉扯之意。拆合之後延伸出來的意境，與原意便大相逕庭。讀完詩集，尋思作序，腦中浮現的形象反而是觀音：那位傳說有千手千眼的菩薩，發願看顧、觀照眾大生。觀音二字在翻譯的過程中也衍生出「觀看世間音聲」的意涵——只是這裡的觀音，不是用肉眼，而是用手指在撿拾，探看。

回想起當時答覆小令的邀約，自己打下的訊息：我隨緣讀，也隨緣寫。若字想跟你走，我再循著路去找。

如今，字確實自己走出了路。謹以此文祝福她與她的彌勒。

享苦做為一種寫作策略，向彌勒許願，並得到應許——

何景窗

讀小令，慢慢翻著，像踩在葡萄堆上，可以跳一支嘻哈來搭，可以吟一首恰恰恰。我看見，一個飢餓女孩，她在家堂堂，打開冰箱，滴酒不沾獨愛水果蔬菜；把蔬菜切得很碎，可以吃到更多蔬菜，把番茄當作別人的心，咬下去，可以得到更多快感。

〈就當如此〉她寫道：

跟蟑螂相對時

看盡彼此一生

若同時跟兩隻相對
自己的一生
就得被看盡兩遍

我想這蟑螂一定很亮，白色的，小的，徒手打死牠們，即使是兩隻，絲毫不會有噴汁的困擾。被看著一生的人呢？他寫詩嗎？若是，他會尷尬嗎？以詩人作爲一種職業身分的表態，我們看到了轉向，從過去的靦腆痛苦，直至現在侃侃諤諤。

詩體在臉書世代的現場，仿若一個電動玩具，任憑出手闊綽的詩人，傾盡全副心力載入配件。抬起頭來，儼然成爲一個更大壓力。要怎麼被看是無從選擇的，別人看了就看了，最怕略過不看。

小令侍茶、品茶和寫茶，有一點年少氣盛和儈的姿態。

〈多等〉她寫道：

煮完早茶的清晨
趴在地板上
肚腹印有磚痕

改趴在竹蓆
兩腿印出條痕

說到底
要趴在哪裡
才不會沒有妳
卻又一直印出妳

〈別住〉她寫道：

早餐是水果跟茶，深處是橘子和烏龍

收回的動作移除不掉一個洞的空
像老到褪色裂開的胡蘿蔔的心。
撥食橘瓣，不動聲色地吞下所有籽
然後你就醒了我就想
是不是可以不用在這裡也沒關係呢
就這麼想殘廢自己的系統嗎
今生還能再見你幾次如果再沒有了

茶的型態與滋味對小令來說，都是配方，她的茶道，極可能是把生活電影化，把五感切開，置入配樂一般的存在，在心底順著拍子，在腳底踏著反拍。叛逆和壓不下來的無聊，她可以說著很表層的影像敍事，再給一個接下來我都知道的反應。完全不用接話。但話題繼續。

這時我想到好萊塢，永遠的ＹＡ片，每年的新梗，有時會有老梗。你從十五歲看片看到四十五歲，當橋段跟時代反映的人生一樣，沒有意外的話，你會體會。好像茶，新摘的春茶與冬茶，久存的老茶或是燻製調味茶，它們會永遠地存在，並且接受新品嘗，不論感官走到哪裡。

「監視器的背後是彌勒佛」初初一見，眞的不懂小令意欲爲何？

〈監視器的背後是彌勒佛〉她寫道：

彌勒在我進門後，沙沙地問
妳在幹嘛。我說我剛去餵魚
我在彌勒的膝邊，對著彌勒的腳底板
解釋自己爲何早上十點在吃水煮白菜

監視器的形式是一種監控系統，目的是爲了威嚇被監視者。關於監視器的論述，是權力基礎探討，從不曾見它使用在佛。

〈彌勒佛的上面還有〉她寫道：

在弄晚餐時，彌勒說話了
妳的雜誌和包裹都寄來了。
我沉默。我思考
怎麼讓前後這兩台監視器
碎得像餅乾屑而不會太快被發現
我說好，好知道了。
決定以後都不要跟魚說話
那太那了。

所以我之前唱歌

所以我之前講電話
或自言自語那些
魚缸裡的水草突然全都不見——
彌勒說好了沒事了。
我夏天想去住車庫。

我們乍然明白，彌勒是敬語，一個監視器的造型，一種無可奈何的親情連結。它把小令看光。它讓小令有棲身之處。它爲小令收郵件取包裹。我開始覺得住車庫是非常棒的主意，矽谷起家的人，故事都是從車庫開始的。再細細地比對，比如：車庫詩人。這個意象吻合了現代詩的某種質地，數位、油管、實體的沒落、NFT發行、元宇宙、電子支付。一個雛形初現，我們等待駕到的未來，是人類集體介入的行爲，是少數人，在車庫內抓著頭思索出來的歷程。

綜看小令和她的四本詩集，依序疑問著生活中的靈光，走路吃飯、身體與性別、從茶指向電影、再從房間退據到車庫。一個女子究竟要擁有什麼，能作爲寫作的底線？答案還是一個房間嗎？彌勒是永恆的，應許享苦作爲志向的彌勒更是。我想問問彌勒，能不能指引一種詩體，是在祂的面前不安、哭泣，同時被微笑接納。

自序：窗窗——

想喝茶的時候，拿出陶壺。

今天的心情適合喝東方美人。燒好熱水後，打開陶壺的蓋子，對著壺裡說「東方美人」，隨即往壺裡注滿熱水，再蓋上蓋子。

過了一會兒，把壺裡的東方美人，倒進杯子裡，喝起茶來。

這樣的茶，有時候淡淡的，有時候濃濃的；要看那天，是不是喝得很專心——

有時候，雨天適合喝大紅袍；燒好熱水後，打開陶壺的蓋子，對著壺裡說「大紅袍」，隨即往壺裡注滿熱水，再蓋上蓋子。

等候一下下，把壺裡的大紅袍倒進杯子裡，喝起茶來；身體逐漸緩緩發汗。

容易燥熱的體質，適合喝些白茶。燒好熱水後，打開壺蓋，對裡頭說：「被雪覆蓋過的白茶」，隨即注滿熱水，蓋上蓋子。不多久，把壺裡的白茶倒出來，慢慢品飲。

朋友來的時候，就問問人家喜歡喝什麼茶，都有。

心中想起一個人。等熱水燒好，打開蓋子對壺裡說：「窗窗。」

接著注滿熱水，蓋上蓋子。等上許久，再把壺裡的液體倒進杯子；所謂的「窗窗」，是沒有茶色，沒有茶味，彷彿水一樣的飲品。

不喝，但看著，放著。接著人就出去了。

在雷雨過的後巷，撿一朵雞蛋花回家，放進那杯「窗窗」裡，花漂浮著，晃動著，像一扇隱隱在搖撼自身的老窗，從陰影深處，仍不斷地將自己打開。

Q：什麼時候的你是自由的？

A：泡茶的時候。

輯一

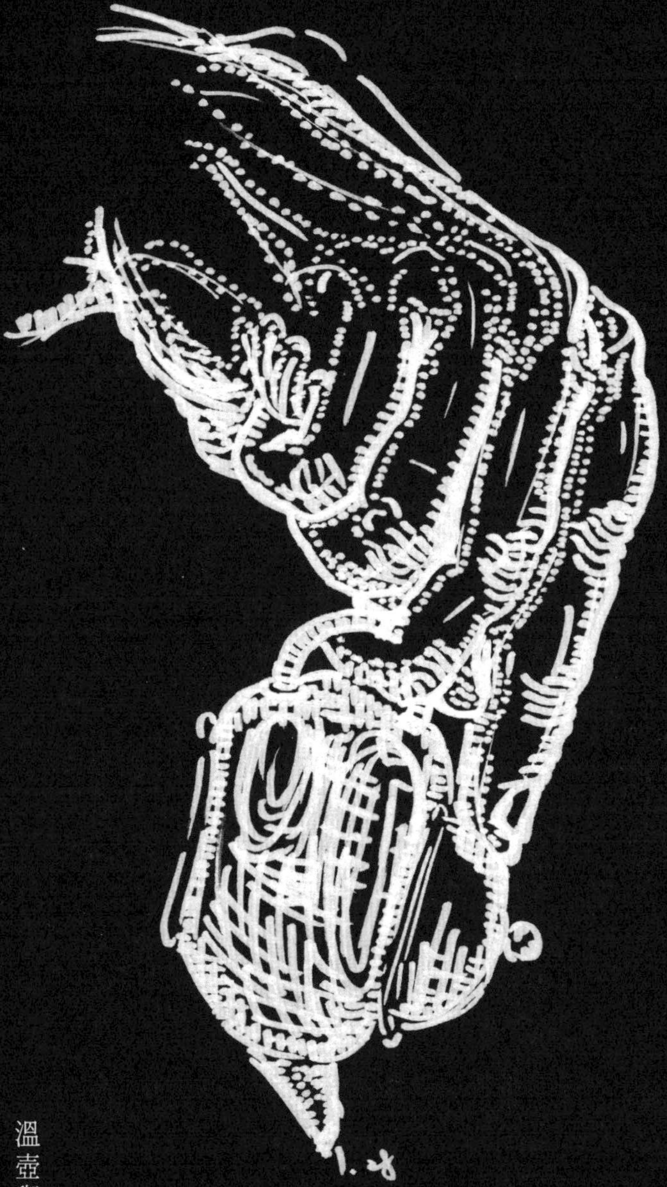

溫壺與溫杯

繭胃

在暗中伸手
從指甲。開始走
胃部的絲線，起自昨夜
一萬顆硬繭在裡頭
一邊拉緊。渴望剪開肚皮

飢餓作私念：
餓得太久只剩深呼吸
不要是脚邊的一葉牛樟
不要是三日後變褐又發香
不要是妳說忘不忘

一直去聞去確認
介於麝香葡萄與芭樂
之間。連兩日看到的飛蛾
不見得能斷乾淨的雨

甦醒時候是茶乾
沉睡時候是病葉
總黃黃的
老黃黃的

最後是你的臉

膝上的布包，兩腳踝間
夾著不會動的提袋與身軀不動
還是搖到睡著。坐在
此生未曾聞過的絨布座椅上
你的累
是一樣的窗景一直提醒
像跑很快的祖先
貼著窗一直變臉
最後是你
背包裡無數髒汙的夜
不及配戴的每個黎明

是用過的面皮跟沒用的氣味。
下車時風大不見
祖先被吹去多遠

監視器的背後是彌勒佛

彌勒在我進門後，沙沙地問
妳在幹嘛。我說我剛去餵魚
我在彌勒的膝邊，對著彌勒的脚底板
解釋自己爲何早上十點在吃水煮白菜

彌勒沙沙地說好了沒事。又說
妳過來一下。我夾起菜梗搖晃
妳沒吃早餐？我說我在吃了
彌勒說冰箱的東西都可以吃

彌勒說穿不下的衣服就放門口地板

我想起餵完魚進門前曾敲敲玻璃缸
說早日成佛啊你們這些傢伙
在魚的世界裡我是否也彌勒

彌勒佛的上面還有

在弄晚餐時，彌勒說話了
妳的雜誌和包裹都寄來了。

我沉默。我思考
怎麼讓前後這兩台監視器
碎得像餅乾屑而不會太快被發現
我說好。好知道了。
決定以後都不要跟魚說話
那太那了。

所以我之前唱歌

所以我之前講電話
或自言自語那些
魚缸裡的水草突然全都不見——
彌勒說好了沒事了。
我想夏天去住車庫。

她帶我靠牆坐下

遠處高架橋上發光奔馳的車子
一旁牆壁上趨光奔馳的蟲子
欺瞞不會抵消成花蜜
她帶我靠牆坐下
露出
有時候革質的微笑有時候紙質
我還不能。
我還不能觸摸確認
乾跟遠是不一樣的

淨口業真言

食燕麥粥，吃茶
日日投入一枚代幣
那般，泡一杯發泡錠

丟掉裙子又撿回來
張嘴含住湯匙
久久地等
好像這樣就能重新出生

代幣般的發泡錠，越來越少
日日食燕麥粥，吃茶

世間莫大快樂
世界極其容易

我困惑。
回家有人沒燈也困惑
我這樣的人
到底眞心信過誰

反映跟相信是兩回事
我是反映這個世界
不是相信

喊餓

洗完指腹的墨漬，女人
不浪費思考的能量
拿著掃把畚箕，走來走去
談話五分鐘的流速
能重複播放卻無法快轉
男人。思考暫告段落
敲響垃圾桶的畚箕
髮塵究竟無聲

找不到機會頌鉢
月亮挖洞，盛放苦楝枝條

九重葛灼熱與三根飛羽
欲睡的女人沒有唱歌
只有碗。乳房脹痛
出浴廁前，整串金剛菩提子
掉在門口地板像樹根
從磁磚表面突破。男人
遠遠在凌晨翻起來
喊餓

還生

入山的時候
還望不要張揚
出去

越慢越能跟上
生靈
膝蓋反噬

地面
蝴蝶在趨近。
帶路的白鶺鴒

推進即驅逐
訊號
到底誰放生誰

林中不動。
我在乎的遠遠
不是自己

你應該要放下嗎
還是
你應該要期待

十二月十一

薄醬油，冷雨，炸豆腐
扶梯上去也只說得出——
捨不得你。
油墨隨重複壓印越淺。
我的消失並不能使你不見
你的消失亦然。使我如深色手卷
暗自低溫，明亮地軟弱。

2016.1.3

一輩子下次

她害怕我靠近，撫觸，問牽手
她搖頭。水源巷子裡一起晚餐後回去
廚房水槽前的她的背影
像是要切一輩子的火龍果給我
冰涼，鮮紅，多子。
我在一旁走來走去不停
像有一輩子晒不完的衣服

她不願看我，或閉眼看我
我因此等於不存在
有幾次她是面對著我的背後

多久才肯鬆口
「欸有白頭髮。」
有幾次我僵持著緊盯她
她總倔強低頭久久
我軟著嘆氣說
「有白頭髮耶。」

白髮我是喜歡的，但仍會問她
「要不要拔掉？現在嗎？」
愛美又孩子氣的她總說好
只有那時候才好。
只有那時候我可以用掌心覆上她
讓她知道我還在。
拔了五根不捨。說其他下次

一輩子不捨，就一輩子下次

而不會在廚房的水槽前被逼著問
她問：「你現在是後悔嗎？」
我把目光拉回備到一半的明日料理上
紅蘿蔔絲，胡麻醬，烏醋
我害怕，只要有任何一點點，企圖
想要開口解釋自己內在的任何
一點點——
什麼。
都足以使我吐出血一樣的嗚咽而不是句子

Q：什麼是自由？

A：對啊，什麼是呢？

輯二

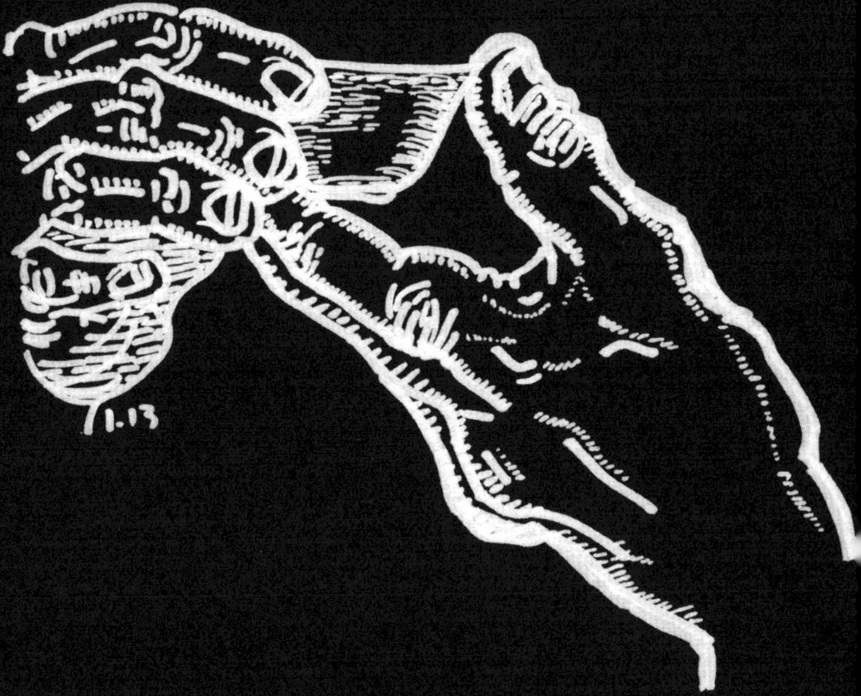

賞茶與置茶

吾將不再積攢夢境與意義

唱歌給香蕉聽，再把香蕉吃掉
投入是準備陪伴的變形
香蕉皮扔在床沿，轉成黑色罩衫
隔天。喝咖啡跟茶交替
不想掃地。至少收個衣服也好
日子總是這樣：搬運過來的重點
並不存在。舉目所見皆髒汙

著衣。香蕉皮。極樂外套
平庸的人類。削完水梨覺得好累
今天約好的就在今天後悔。

吞嚥
沙礫般的冰涼切片，擠壓食道
餵過魚也餵過我自己
在鐘面的腔體堆積。滋味
全無地呼吸。嗅聞手指頭：
魚飼料的腥

越來越常忘記洗眼鏡
越來越常張開嘴巴睡覺

過熟

活得愜意鬆散
像折斷一根骨頭馬上能長出新骨
就這樣憑空折出另一副自己
再把她趕出門見人

自己喀拉喀啦轉身
走往陽台拖地，晾衣服

該過兩次大門
該過馬路，過街，過市場——
除了過人之外的

我都過過了

等她過完這一天回家
瓦斯爐上
是我。
有一天她也會把這一切都過得很熟
包括那一鍋
不知道怎麼熬出來的大骨湯

就當如此

跟蟑螂相對時
看盡彼此一生

若同時跟兩隻相對
自己的一生
就得被看盡兩遍

輕易看盡他者的一生
是不敬的——
撿起牠們弄掉的筷子
放回去。讓牠們再爬一次

一千萬次
就當這一生
只有這一次

貼紙人間

飢餓是空塑膠袋
遺忘是隨身碟留在超商的機台
冷是兩人同路分開抽菸
天上有蜻蜓，地上有煙蒂

妳來攪擾
攤了一堆東西在桌上如昔
如我
撿花帶去給喜歡的女孩子聞

她聞完我再聞，她聞之前我捨不得

花還沒全黑，帶花的一路上我心修羅

曾經
母親罵我冷血或瘋婆子
都使我興奮

三十歲後充電器的線就斷掉了。

沒事。但覺悲傷
而且知道這很正常
因爲那是悲傷，不是我，我只是被經過。

沒有妳呢

總覺閉著眼睛進食
才能吃對需要的量
就閉上眼睛
咀嚼

像已結過千萬次婚。
只是忘了
只是忘了

不公

在地板起居，在地板思維
晨飲完的深色茶渣
壞掉久置的電鍋
隔夜飯漂浮，膨脹，燙
茶渣倒往土壤時的紅茶香——
從房間的地板
到盆栽的土表

如果我們對土的感覺
是一樣的
或有機會一樣的話

在最好的白天
所有的挑釁與玩笑
竟都無能逼你將我捏碎

我像陀螺像明火
自轉至滅
滅前的後陽台
看鳥從左邊飛到右邊
或反
我站在太陽升起晒得到的地方
等著被光撕開

眼皮亦是線條蠱惑而滿心

分享祕密或才華都沒用
你在時間就停止，不在就飛逝
飛逝至不公

1.10

孑孓

留下梳子，帽子，鞋子
指甲剪決定用借的
借不到——還有牙齒。

他說的那句話
這輩子的最後一句
不要那麼決絕

不要那麼決絕
我想。且很想知道爲何
那時候只有笑

現在很想說好

好自那時無從遮掩
好至現在無從解決

砧板

這是你想要的生活嗎
這是我想要的生活嗎

床是身體的砧板
剪完指甲
依舊習慣放在窗檯
但螞蟻啊
已經很久沒來

枕頭是夢的砧板
原本的盆栽有小樹

被飛來的婆婆丁殺掉
不見
只剩下婆婆們
在盆裡站成一圈

你說這是你想要的生活
我沒說這是我想要的話
身體躺上砧板
夢裡清洗砧板

在是一起

選擇輕鬆
而不是愛

就會成爲輕鬆的人
而不是愛人

菸絲落進茶湯
煙灰在掌上

燙

即一種認識

從來輕鬆的人
從來都在燙人

是什麼在燙
把臉放在吧檯上

什麼燙在
大口咬碎冰塊

一整座皇宮
在嘴裡

我有在嗎
我沒有皇宮不吃冰塊
是我在嗎
沒有臉的臉在吧檯
咖啡好的時候
悲傷強悍一起

醒來對坐

走不到就說遠
走得到就說不遠
距離不是遠近
是多能走。

走去哪喝杯茶
走回家還喝茶
茶涼了，剝斷指甲
跟床上的零錢
合睡在一起

垃圾桶就是佛陀
抵死不肯往裡丟東西
結果：
房間四處都是地藏菩薩。
對坐過後
又想出門走走

鐵軌與花

想要人親吻，要人燒
熱水泡茶
週日夜晚沒人想洗衣服

壁虎早早關掉對講機
馬路
靜無聲息的十二樓

晚上的花
指的是地上的還是樹上的
晚上的話。

就算路面全黑
也比鐵軌光亮

紙菸。辣油。唇膏
火走的時候會不會繞過
那些更燙
更冷的地方

就只是繞過
而不需要記得

Q：為什麼喜歡喝茶？

A：因為喝得到自己。

輯三

醒茶與茶乾香

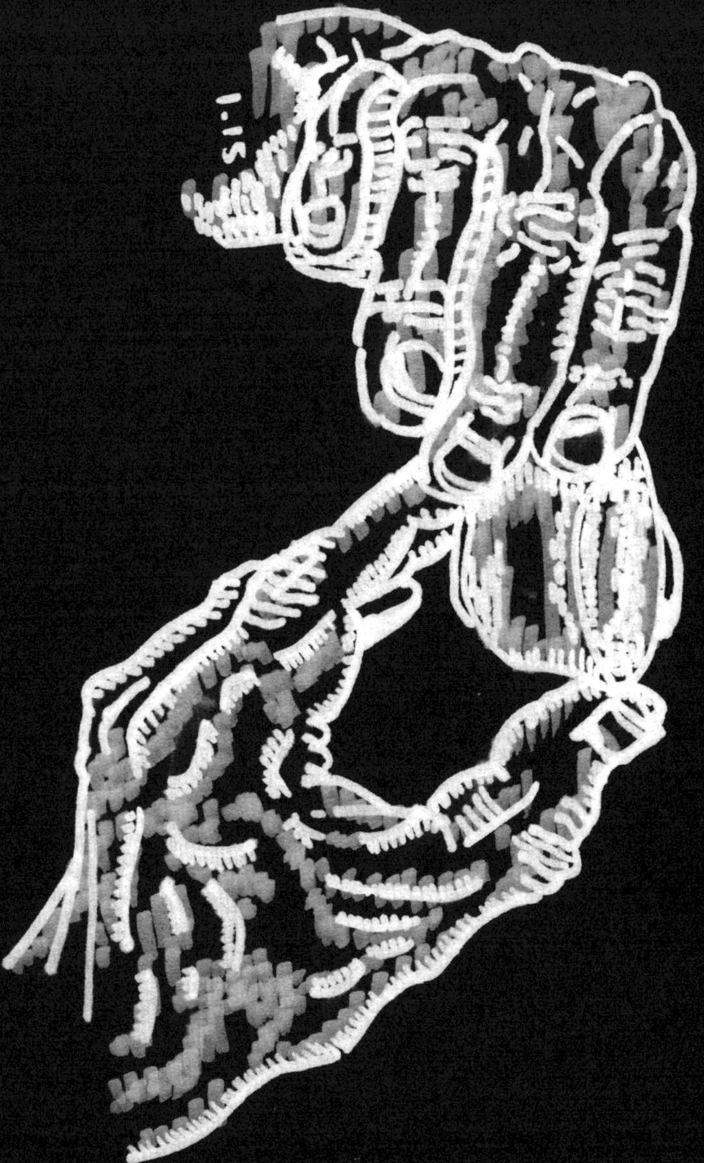

藍髮

如果逃避就是一直站在這裡呢
交尾中的飛蟲，降落袖口停駐

一蹴可幾的終究太平
非要通勤時設法在車廂內倒立
才足以感受全身血流嗎
但把自己活扁多方便學埃及壁畫
這樣就是
最甜美的日子，我最害怕

迷路過大橋眞會散步完

多花一個小時撿花
見不到菩薩，再走回來
走回散場的我們
在百貨裡的一輛推車前買貝果
數量都超過我們的獨身背景
一加一等於五在此時成立

人生就是跑了八間理髮店最後回到第一間去剪

有人沒心

以爲有很多要收拾
最後穿上衣服就走
做人節儉的感覺
如時間金錢都是看著看著
再見也沒有
更沒多心

爲什麼碗一定要拿起來
爲什麼吃飯一定要講話
寫單子想爲什麼要執筆
吃飯想爲什麼要擎筷子

爲什麼全部都相信
把熱湯倒進飯裡
想同時表現快樂和傷心
邊喝湯邊看湯面上的自己的眼睛

做人需要說法
而爲說法
但我是妖怪
所以我帶走一顆蛋

戶頭究竟剩多少
一緊張
就對萬物尊敬起來

罐頭，貓砂，衛生棉
這些我們都沒買
我們只產生注意然後離開

注意到一隻蜘蛛
在高樓紗窗外爬行
下方車流不斷朝前織去

不該習慣的就不該培養
需要依靠的就需要一起繳械
矮化的白玉蘭旁有絲瓜藤蔓攀爬

甩開腳踝傷口上的蒼蠅
忽然間什麼都有了
包含全面性疑惑

買菜回來的你
說要一起吃早餐的我們
想逃開的無數瞬間在原地
飽食心悸

沒有洗澡的緣故

一種被養著的空無
但誰不是
被這個世界養活的

誰不是給這個世界養的
就算要尊嚴
這裡面的每一個人
誰不要呢

如果尊嚴有那麼容易
根本無需耽溺

無需像渴水的螞蟻
被我仰頭喝下
死的以鯨吞，還活的在手上爬——
如我們不甚流暢地晒著衣服與太陽。

我彎腰再撐起身體，或沒有，僅止於眼皮
你摟住我一下，放掉

如任何情緒都是沒有洗澡的緣故

落齒

心裡的齒輪
轉動：還活著的感覺

一個人走了
齒輪就斷一個小角
一個毛小孩離開
齒輪就斷另一個小角

小角上刻有那人
或那毛小孩的名字

把角角們收好
有一天齒輪也會斷光

轉成一片圓盤
盤上
盛著所有的角角

不想

喝卡布的時候
沒問卡布
吃第一口可可戚風
也沒問戚風
開燈時沒問燈
坐椅子時沒問椅子
要踩踏板沒問踏板
上馬桶沒問，沖水沒問
洗手沒問，關門沒
都沒。

兩肘壓上椅子的扶手時
又忘了。

還沒完：
沒問手想不想拿叉子
沒問嘴巴想不想喝
牙齒想不想吃
沒問眼睛想不想看書
沒問屁股想不想坐這裡
沒問脚想不想翹
沒問器官想不想排泄
沒問指縫想不想被洗

沒問胃爲什麼喝不下吃不完
爲什麼

爲什麼不問清楚
那樣不是對裡面外面的世界
都很不禮貌嗎
會不會這一切就是
全部問完後
全部都不想

如入無人

你把自己張得
明亮
去穿透暗

你站立
聆聽一隻鳥
不忍尋找

你把喉結延長
僅有
以前來過

以前來過
一些很舊的風

只是想確認
沒有
誤會過人

但這件事
從想的那刻起
注定辦不到

你無心的長髮

掃動暗處

邊牧著光

聞水，聞鍋子，聞自己
除了最後一個聞不太到

生活方式是手指
在竹蓆上走好幾趟
那樣嗎

竹蓆是生活
手指是方式

吃番茄的時候
番茄在抖。只好

鬆口
看著齒痕
狠著要再的時候
自己也抖
怎樣能最輕呢

終於咬下
第一口之後
每一下都問自己
這一口算什麼
我算什麼

鍋子的旁邊是佛經
蟑螂的旁邊是眼藥水

多等

光斑中
飄散海苔香氣的女人走過
彷彿
沿途掉落玉米粒

煮完早茶的清晨
趴在地板
肚腹印有磚痕
改趴在竹蓆
兩腿印出條痕

說到底
要趴在哪裡
才不會沒有妳
卻又一直印出妳

家裡只有壁虎可以
當對講機

蕉串長滿黑點
黃木槿花乾巴
番茄是心
一天一顆
數心度日
數完就吃掉

不能多
等是定理
心是三角形

別以為

過馬路前等紅燈
隨手摸了身邊的茄苳

：他還好嗎
：他很快樂
：那還眞不錯
：你說眞不錯
：要不然
：是不錯

以爲所有茄苳都會像你

鬍子。觸感。搔刮
以爲以後只要想你
去找一棵茄苳來摸就可以
之後摸過幾棵茄苳隨即認錯
驚訝唯有那一棵茄苳是對的
輕視樹
又粗心忘記路
悔恨再見到任何一棵茄苳
別說伸手。更別過頭

Q：為什麼要喝到自己？

A：其實是希望喝不到的。

輯四

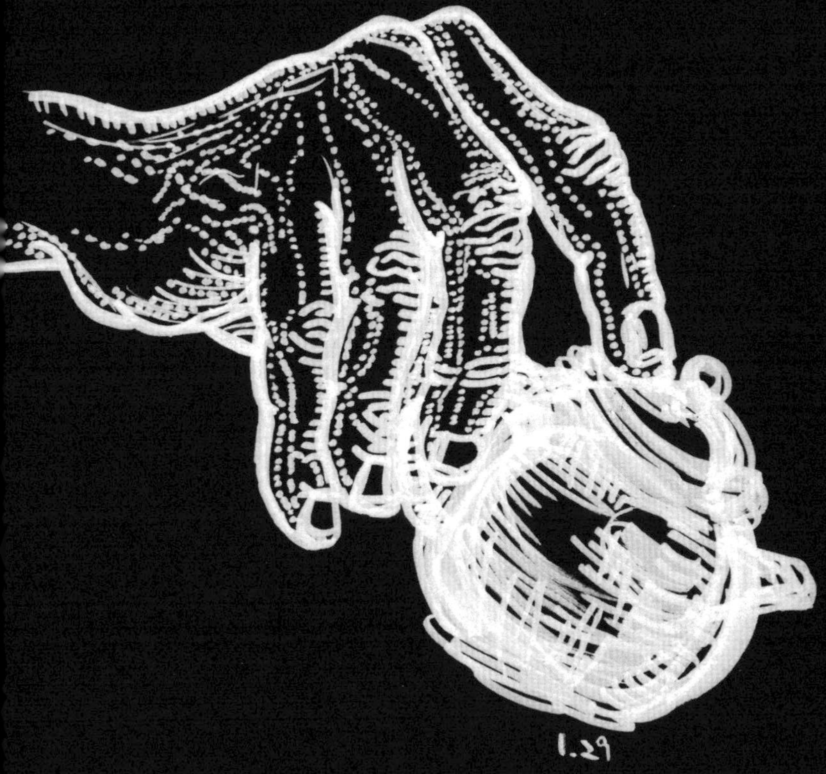

注水與出湯

夏雨雪

傳送是一刀
眼前劈裂脚下地面直通往蟻后棲身之所的
巢穴中心。明明
周身只有南蛇藤，電聯車，夜雨
以零度的冬溫召喚落雷
遙寄過一顆石作的心上寫：冬雷震震。
鐵皮頂上的雷聲直落到凌晨三點過半
指針斷在隔日的下午三點半
醒來的人又傳送一刀，癒合地面使恢復不見
以後的棲身之所。頂輪中心放置：一葉
午間在陽台摘取消炎用左手香

脣吻葉面絨毛肉身，總何德何能
夏雨雪。

開口

整日在行走，在動心
在路邊生吃櫛瓜，找尋飢餓的拖痕
飢餓向來是隨身的茶葉。
在路邊咀嚼，思考，長考
完再吐掉。狗喝夠雨水亦直接踩踏
過去順便洗脚那樣。想夠了順便潔牙。

面皮單薄下咬合肌強壯，日日食冷
吃冰取暖。暖在一層灰燼會妄想
存取另一層灰燼多餘的意義
意即不是每次的四季春茶葉出去

回來時，都能變成一顆硬柿
卻是每次流放出去的話與螞蟻
都能卡成馬桶裡沖不下去的髮絲

日日吃冰食雪
看人的眼神像離過三次婚。
開口總說：喝茶，請喝茶

固著

四日後的牛樟葉，散發燕麥穀物
氣味。越發深褐且蜷曲明顯轉暗
過往平安都是好燙的日子
爲所擁有一切深刻懺悔
爲那些都不是眞正缺乏的一切
還有更苦的在等著除卻
早餐店油煙或過度曝光的日晒
鎖骨墜自胸骨的左手香葉片
居或住
怎麼選擇再飽都還是惴惴不安至
不居或不住地擁有飢餓才會不害怕的人

將自己固著在半夜的蓮霧
想到今天切鴨桒竟感覺它痛而哭了
現則感覺：蓮霧還在睡

別住

早餐是水果跟茶，深處是橘子跟烏龍
收回的動作移除不掉一個洞的空
像老到褪色裂開的胡蘿蔔的心。
剝食橘瓣，不動聲色地吞下所有籽
然後你就醒了我就想
是不是可以不用在這裡也沒關係呢
就這麼想殘廢自己的系統嗎
今生還能再見你幾次如果再沒有了
這副肉身。爲何螞蟻會知道哪裡有水源
即便寒冷到全速緩下來的漫冬，還能爬動
爬動全身的飢餓是一根黑色髮夾

我別住瀏海不讓遮蔽目光不再故作的
意願。

照自己意思活

觀察枕頭即每日測量：高度
不得不恐怖地相信
只我一人提著心臟在活嗎

對某些事物的額度
過了再也不想
一餐一宿是最後的全部
仍舊走不掉，走不掉

對人人道
對自己總是不知道

趴在圖鑑上睡著
或學松鼠吃梔子花
果然
不要命的
不會冒險也不會放棄
把最想做的事情做好：洗衣服——
願我永遠不懂，願您永遠宇宙。

臉是鍋子

嘴唇是柵欄
欄杆內外的交換

鼻子是爪子
頭髮是橡膠水管

皺紋是縫線
下垂是鬆掉的網袋

用很爛的聲音，很爛的妝
很爛的心，快樂清潔杯盤

可以分開的部分
就應該盡量分好

人是一袋骨。
那袋還是塑膠袋哦

塑膠袋套住空空的鍋子
用力打結同時找橡皮筋

不要

罐裝越南咖啡，燕窩水，熊牌保久乳
跟家裡討過夜卻沒有臉眞的留下來睡
母親疲憊無表情看我進門
只淡淡問一句怎麼回來了

跟善女人想到一樣的詞。
一模一樣的邏輯思維
多麼値得令人恐懼
善女人，願您永無恐懼。

跟母親說話過程互吼三次以上

妳聽我說、聽我說、妳
妳到底有沒有要聽我講話——
只要能讓人相信。相信多麼珍貴

珍貴的是鐵軌間的野草
唸經到多麼心虛到想逃
總在得到之後又說不要

不嗎

想人好過
是爲自己好受
體貼貼到底
竟是自己缺德
對人有所求
或被人有所求時
總前所未有地飢餓

不確定關係的藝術
是生活嗎是生忙吧
指甲同月亮週期消長

想與忘記常在重複時渴水

機採的茶葉泡開
一隻蛾的模樣
寒冬夜雨爲何螞蟻
還要出門喝水
螞蟻是人類的飛蚊症嗎
人類是神明的飛蚊症嗎

主動的才是欲望
不主動的就不是嗎
潮汐一樣鼓勵
喝茶吧。不要再說話了

需要笑

用夾菸手勢取葡萄吃
忍耐穿著衣服
這麼多年。
死亡隨侍在側，如何對身體吝嗇
保持飢餓

不吃鳥類就能獲得鳥的眼睛
不吃萬物就能獲得萬物的眼睛

或夢咖啡廳的共桌男子
想吃我的水蜜桃罐頭

想要的都有了
身體開始出問題
眼睛變漂亮，心都黑掉

安全帽或拖鞋
比不上春日新生萌芽的欖仁葉
只想喝水。無人飢餓或需要笑
笑彎了的腰難道眞心

長吻

他說每次看到我
就覺得我一定過得很不好
納豆捲好，玉子燒還好，菠菜就炒
若還一直住家裡，就會一直有東西吃
這是我現在的困難。而我竟沒辦法不

我們都知道不住不行
他一直抹掉我的唇膏
像臉上的草莓醬

對一個人而言

回家也是上班
永恆都在上著另外一個班的時候
最溫暖契合的可能：
用刀尖把草莓醬刮乾淨
放進嘴裡

Q：為什麼？

A：因為自己的味道，是不自由的味道。

輯五

分杯與品飲

發抖

我摸你就讓我摸
我要你就讓我要
吃不出東西有什麼滋味
喝了一堆高粱之後
應該要在乎熱量還是月亮
剛才的發抖
到底是太生氣還是太冷還是冷到生氣
還是太生氣所以冷
把圓餅按進舌底：吃下去吃下去
兩人相互哀求。
未曾節省許是未曾缺乏——

就此堅信：無一事物能交付言語
凡說出口的音都變形蟲

碗裡
柳丁皮，易開罐的鋁片，充電中的手機

鬆口

有個地方睡覺的背後
飲用水，光線，牆與棉被
遇到喜歡的食物就改成左手

炭盆上的烤網上的年糕上的遺忘
膨脹又縮回的地板上的零食衣物
這個城市就是用來離開的

不清淨也無法去見菩薩
兜不起來所有的行程與謊
一邊駁斥暗地裡一邊享有

上下排牙齒咬合不整：渴望
傾訴一切轉念又全無必要
儘管茶葉都泡開了
不肯鬆口就改拿杯子的左手

光想

藉由不能動彈找到一種希望
冰淇淋杯塞進羽絨外套口袋
揣著。還是無法坦承

手怎麼這麼冷，不知道
自己的手怎麼會不知道
藉由不能動彈找到一種觀望

不是忘記只是不需要所以不知道
何以活得這樣沒有明天竟好對胃
光想。還是無法坦承

9.1.2016

認識

低溫帶走觸感，氣味，色澤度
夏日蒸散的讓冬日掉成滿地果實回來
麻雀就成群地騰起下降
鴿子就成片地平滑橫越
你膽敢說你認識一棵樹嗎
你知之甚深的每一辨別都源於表面
既無所求何懼無知
不懂不代表不能愛你每天都在喝的茶
如果有人愛你在喝的茶就愛回去
一如冬日掉滿地的復又讓夏日蒸散
回來

鬍渣

你以爲你在剝高麗菜葉
當高麗菜葉是零度
你的十根手指重複分裂
高麗菜葉將你的手指剝開成一百根
每一根都往臂膀上繼續剖解
爲何非得在水槽前
發抖且痛到像失憶的海葵。
駝背也沒有更暖
盒裝奶茶，香菸，微波海鮮飯
洗衣機裡有暗夜的樹皮
電鍋裡有帶沙土的番薯

你有一月的鬍渣
杯裡有出門前的最後一口茶
床頭的杯裡復有另外一口
你已奪門去找跟臉上一樣觸感的樹幹
不管有血地摩擦

愛不動

過長的瀏海垂進啤酒裡
整鍋酸掉的滷味，昨日最甜
碗瓢碰撞凌晨至天光

爲何要離家付出代價換取
在家就能經驗的生活呢
從廚房端望遠鏡看進別人家客廳

光是
拿起啤酒杯就能令半邊的身體
顫慄如電流經

而我渴望爲此一生
是佛的人
加進更多鹽巴
鹹到
我喘

如我有愛
但愛不動

銀河

捧著碗，看光
在稀飯上古老起來

床上的碗
碗裡的稀飯
稀飯裡的湯匙
合一的畫面即是
床上的碗裡的稀飯裡的湯匙被放入我的嘴巴的一匙稀飯消失在碗中的
床上

緩慢嚥下銀河。

擁有的思念都不是自己產生是你製造完再分送過來的像你就在旁邊
一樣
你一思念我就擁有的思念沒有一次是我自己的胃痛到喝不了茶
緩慢吹涼宇宙。

且因太少出門
被鄰居當成父親的外遇
就更不出門地煮粥了

不哭

妳開始褪去衣物時
我從冰箱抓了顆大番茄
頭轉開有妳的地方
大口往番茄咬去
那是妳
從不讓我那樣咬的大口

衣服沙沙與皮膚摩擦
我喳喳吸吮被咬開的
內裡。
沒有一處不讓我想到妳

籽潮溼的排列方式
籽沉睡的皺摺區間

沒有一處妳會輸
沒有一口我不哭

玄仔

玄仔喜歡撥東西，他對這個世界的認識方式，就是撥動；接著聽，撥動後產生的聲音和風。

當他喝一杯檸檬咖啡的時候，玄仔會撥動冰塊，撥動檸檬片，撥動咖啡，再依序沿著杯壁，一路輕輕撥回來。

等到玄仔喝完這杯檸檬咖啡，他已經聽了好幾遍的檸檬咖啡之歌，他一邊調整歌裡的內容，一邊消化掉身體裡的檸檬咖啡；直到玄仔爲了其他的事情分心，逐漸忘掉這首歌；直到他下一次再去喝檸檬咖啡，又是不同撥法產生不同的歌。

玄仔喝過好幾百杯，就有好幾百首，每杯，都不一樣的檸檬咖啡。

玄仔撥動世上的所有東西，唯一不撥的，是自己的頭髮。

玄仔常做一個夢：夢裡他的身體赤裸，他的手脚被拗折後固定，大大露出他的上半身，他的整個腹部。

有三個女人，一起乘坐同一台輪椅出現。第一個女人會把耳朵貼在他的肚臍上，接著開始唱歌，唱出今天的玄仔，又撥動過哪些事物，那些事物們成爲了怎麼樣的歌曲，在玄仔的身體裡，如何存活，如何記憶，最後如何消失。唱完後，第二個女人會離開輪椅，爬到第一個女人的身上趴著；雖然肚皮上方已經壓著兩個女人的上半身重量，但像桌子般堅固的玄仔，一點都感覺不到負荷。

第二個女人趴好後，把自己的耳朵貼著第一個女人的耳朵，接著開始唱歌。她唱出第一個女人的體內，儲存了玄仔這個人因接觸世界萬物後，如何轉變成現在這個模樣的歌曲；她唱出了第一個女人閱讀完玄仔今日喝過的檸檬咖啡，產生的思想或情感或回憶等等。

有時，第一個女人會附和第二個女人，一起對唱幾句；如玄仔選擇如何撥動萬物，也因此，同樣被萬物撥動回到自身。

等第二個女人唱完後，第三個女人在輪椅上轉身，用整個背，壓上前兩個女人，舒暢地躺著。她熟練地拔起自己的頭髮，像摘花一樣；拔了好幾根，再把頭髮捲成菸，叼在嘴邊。

像仰泳般，她大大划開手，在空中揮動好幾下，然後捏住一陣風，開始搓揉，起火。另隻手停在玄仔的喉結上，接著，玄仔開始唱歌。

玄仔發出的聲音，不是玄仔自己的，而是風的；玄仔唱出了風聲。

有時候是嗚嗚，有時候是嚶嚶，有時候是噓——玄仔唱到醒來。

玄仔一直想聽第三個女人唱歌，除了想聽她的聲音，也好奇她會唱出什麼內容。但每次一樣的夢，最終都停在玄仔哼著微風；第三個女人捏著空氣搓揉到起火，嘴裡叼著自己髮絲做成的菸，一手放在玄仔的喉嚨，像在撥動他一樣。

一天晚上，入睡前，玄仔在床上坐了許久。接著，玄仔開始拔自己的頭髮，拔到足夠捲菸的量，捲好一根，叼在嘴邊，躺下。玄仔睡著了。

今晚的玄仔，入睡後沒有唱歌。夢裡，第三個女人正梳著玄仔的頭髮；有聲音，透過第三個女人的口中，緩緩流進玄仔的腦海，彷彿第三個女人唱出來的每一聲，都長回成玄仔拔下來的每一根頭髮。

那晚過後，玄仔再也沒有做夢。

之後的玄仔，也不拔頭髮、捲成菸、叼在嘴邊入睡；他記著那次被梳過的感覺，繼續在世界上，撥動身邊的萬物。一如第三個女人，曾經撥動、梳開他頭髮的方式。

出版後記

二十四歲那年春天剃了光頭。好冷。

坐上椅子，我說要光頭，理髮師說你要多光？我說不然平頭，他說那是多平？原來全部理掉，還是有五分、三分或一分頭的差異。髮型師說確定嗎？確定嗎？問了三次，裝模作樣地梳來梳去，電剪一開，高速震動聲迴盪在很近的耳邊，鏡中又問：不後悔喔？等一下不可以哭喔。負責剃不負責幫你黏回去喔，失戀喔？

出版這本詩集，就像幫自己剃光頭。

頂著光頭去銀行開薪資戶，被行員對著證件許久，又拉來兩個行員，三個行員一起堆在櫃檯前，看看我，再看看證件，軟軟問我怎麼啦爲什麼剪這麼短？我說，我只是想看看自己的光頭的樣子、我只是對自己的頭型很好奇而已。我是本人。

本人如願看到自己的頭型了，卻像這本詩集，每看一次都心頭一驚：這誰？

以爲自己獨居獨處，就算沒有人去調閱，我在兩台監視器的注視下生活飲食，自言自語，也算是擁有朋友。彌勒佛是提醒，提醒自己不吝微笑，對於眼前一切，好的壞的，有的沒的，都要記得微笑，甚至學會欣賞；像我學會欣賞餓渴、欣賞冷、欣賞憾恨、欣賞無聊、欣賞虛無、欣賞多餘。我寫它們，不是我沉迷歪斜或放大黑暗，而是因爲我很欣賞。因爲那些是我的日常。茶也是我的日常。

頂著一顆光頭去看任何醫生，都會被多關心一句：有在做其他的治療嗎？

沒有耶。只有茶。喝茶泡茶，茶的存在治療了我許多有想過的、沒想過的、還沒想完的許許多多。剃完頭不久，所有的頭髮要長出來之前，整個頭皮會非常癢，像要漲破原本的頭殼，長出第二顆新腦袋那樣。開始習茶侍茶之後，茶成為我生命與生活的主軸，漲破我原本貧乏的思想與視野。詩中高度嘗試各種遊戲性的語境，與大量實驗性的黑色戲謔，開展到最後，我像調閱監視器那般，透過這本詩集，回顧至今的創作與生命歷程，期許未來也能像彌勒佛一樣自在開懷。

國家圖書館出版品預行編目（CIP）資料｜監視器的背後是彌勒佛／小令著. -- 初版. -- 新北市：遠足文化事業股份有限公司雙囍出版，2022.03｜160面；12.8×19公分. --（雙囍文學；7）｜ISBN 978-626-95496-8-9（平裝）｜863.51｜111003230

雙囍文學07
監視器的背後是彌勒佛
DON'T LOOK BACK

作者：小令
繪圖：小令
責編：廖祿存
企畫：許凱棣｜曾羽彤
裝幀設計：陳恩安

總編輯：簡欣彥
社長：郭重興
發行人兼出版總監：曾大福
出版：遠足文化事業股份有限公司 雙囍出版
地址：231新北市新店區民權路108-2號9樓
電話：02-22181417
傳眞：02-22188057
Email：service@bookrep.com.tw
郵撥帳號：19504465
客服專線：0800-221-029
網址：www.bookrep.com.tw
法律顧問：華洋法律事務所　蘇文生律師
印製：韋懋實業有限公司
初版1刷：2022年03月
定價：新臺幣380元
ISBN：9786269549689

讀書共和國出版集團｜社長：郭重興｜發行人兼出版總監：曾大福｜業務平臺總經理：李雪麗｜業務平臺副總經理：李復民｜實體通路組：林詩富、陳志峰、郭文弘、吳眉珊｜網路暨海外通路組：張鑫峰、林裴瑤、王文賓、范光杰｜特販通路組：陳綺瑩、郭文龍｜電子商務組：黃詩芸、李冠穎、林雅卿、高崇哲、沈宗俊｜閱讀社群組：黃志堅、羅文浩、盧煒婷｜版權部：黃知涵｜印務部：江域平、黃禮賢、林文義、李孟儒